Este libro le pertenece a

__ __ __ __ __ __ __ __ __ __ __ __ __

Mis primeros movimientos animales

Un libro infantil para incentivar a los niños y a sus padres a moverse más, sentarse menos y pasar menos tiempo frente a una pantalla

por Darryl Edwards

Este libro está dedicado a mi madre Claudette, a quien le encantaba moverse.

Traducido de la versión en inglés de MY FIRST ANIMAL MOVES, de Darryl Edwards
Tapa dura ISBN-13: 978-1-7399637-4-3

Explorer Publishing
Londres, Inglaterra

www.PrimalPlay.com

Bienvenidos al libro Mis primeros movimientos animales

Queridos padres, maestros y tutores,

Gracias por haber decidido explorar el movimiento junto a sus cachorros. La actividad física tiene muchos beneficios para los niños. Mover sus cuerpos no solo mejora su bienestar físico, mental y emocional, sino que promueve la conversación, la confianza y la creatividad.

Sin embargo, puesto que las actividades pasivas, como ver televisión, son más tentadoras, puede que los niños necesiten un gentil recordatorio a moverse más.

Los movimientos animales son posturas que, de manera natural, los niños pequeños utilizan cuando juegan, sirviéndose de los movimientos primarios del reino animal como inspiración para divertirse con actividad física.

DURANTE LA LECTURA:

- **Hazlos partícipes.** Incentiva la actividad y exploren el movimiento juntos. Hacerles preguntas es una forma de darle a los niños un conocimiento sólido, saludable y conceptual acerca de lo que es el movimiento.
- **Juega de manera segura e inclusiva.** Modifica las acciones sugeridas para permitirles imitar los movimientos animales descritos.
- **Utiliza este libro como guía.** Lean y actúen la trama juntos; es una buena excusa para también divertirse con ellos.
- **Adecúate a su edad.** Realiza adaptaciones en base a su edad. Siéntete libre de alargar la historia para garantizar que se involucre completamente. Empieza temprano y con frecuencia. Puede que los niños mayores quieran inventar sus propias historias, crear sus propios movimientos, y pintar o dibujar los movimientos de los animales y los ambientes.
- **Juega a imitar.** Los juegos de imitación crean empatía. Fomenta la creatividad al tiempo que te enfocas en la imaginación y visualización.
- **Sé cautivante.** Los niños se alimentan de nuestro entusiasmo. Haz sonidos de animales. Es más probable que se involucren en los movimientos si los practican de forma conjunta. Diviértanse jugando y riendo.
- **Aprende mediante el movimiento.** Las investigaciones muestran que aprendemos mejor a través de la actividad física. "Dímelo y lo olvidaré. Enséñame y lo recordaré. Involúcrame y aprenderé". Incentivar a los niños a moverse de esta forma les ayuda a divertirse y a aprender acerca se diferentes animales, además de desarrollar vocabulario y atención.

AL TERMINAR DE LEER:

- **Desarrolla hábitos de movimiento de por vida.** Nuestros cuerpos están diseñados para estar activos. Ten presente que a los niños les estás regalando hábitos saludables de movimiento para toda la vida.

Darryl a la edad de 5 años

Darryl Edwards usa a su favor sus influencias como coach internacional de movimiento y trotamundos, así como la recuperación de su niño interior para enfocarse en movimientos primordiales y divertidos para todas las edades. Esta historia se inspiró en su pasión por incentivar a los pequeños a moverse dentro de un entorno cada vez más sedentario. ¡También le gusta jugar videojuegos ocasionalmente! Vive en Londres, Inglaterra.

Nathan es un niño típico ...

... sin embargo, le gusta pasar la mayor parte del tiempo jugando videojuegos.

Nathan siempre responde: "Sí, lo haré."

Pero él piensa que jugar afuera es aburrido.

En cambio, ...

... sin importar el clima, prefiere sentarse y jugar videojuegos con su perra Lola, a la que le encanta dormir la siesta.

"Dale, Nathan. Ven conmigo al país de los *movimientos animales*. Tengo algo importante que mostrarte.", ululó la lechuza.

A lo que Nathan le respondió: "¿Acaso es más sorprendente que lo que hay en la televisión?"

"¡Claro que sí! ¡Hay muchas aventuras emocionantes!", exclamó la lechuza.

"Aquí, los animales tienen movimientos únicos. Practicamos y jugamos todos los días, porque nos ayuda a mantenemos felices y saludables", dijo la lechuza.

"¡Yupi!, suena divertido.
Me gusta intentar cosas nuevas.
¿Puedo jugar yo también?",
preguntó Nathan.

"¡Por supuesto!
Ven y trata de
hacer algunos *movimientos*
animales," arrulló la lechuza.

EL GATEAR DEL OSO

Soy un oso pardo explorando en busca de miel.

Pon tus manos y pies en el suelo, y camina a cuatro patas. Mantén tus rodillas dobladas y deslízate lentamente, un paso tras otro.

Soy un cangrejo pequeñito que da dos pasos hacia adelantey un paso hacia atrás. Cambio rápidamente de un lado al otro y corro sobre la arena rápido como un rayo ...

Acuclíllate con las manos atrás y trata de apoyar tu cuerpo mientras te escapas con tus manos y pies.

¿Podrías mejor frotarme la barriguita?

EL CAMINAR DEL CANGREJO

Soy una grulla alta y puedo equilibrarme descansando sobre una pata.

Párate derecho sobre una pierna, con los brazos hacia los lados y las palmas hacia el frente.

Mantente lo más erguido y quieto que puedas, luego repite con la otra pierna.

LA POSE DE LA GRULLA

¿Y qué pasa con Lola?

EL TREPAR DEL MONO

Voy a treparme sobre Nathan.

"¿Qué hace un mono?", se pregunta Nathan.
"Trepo. Me encanta subirme a los árboles.", responde el mono.
"Eso es muy alto, ¿podemos encaramarnos sobre otra cosa?", pregunta Nathan.
"Busca cosas seguras a las que te puedas subir y diseña tu propia pista de obstáculos.
¡Es tan divertido!", le aconseja el mono.

¿Quién es el animal terrestre más rápido?
¡Ese soy yo! Un chita astuto, corriendo a cuatro
patas tan rápido como es posible.
Atrápame si puedes.

LA CARRERA DEL CHITA

Soy un cocodrilo serio.
Es momento de ir más despacio durante un rato.
Acuéstate sobre tu barriga y mantente cerca del suelo.
Levanta tu cabeza y pecho mientras que con tus manos
y pies te arrastras lentamente hacia adelante.

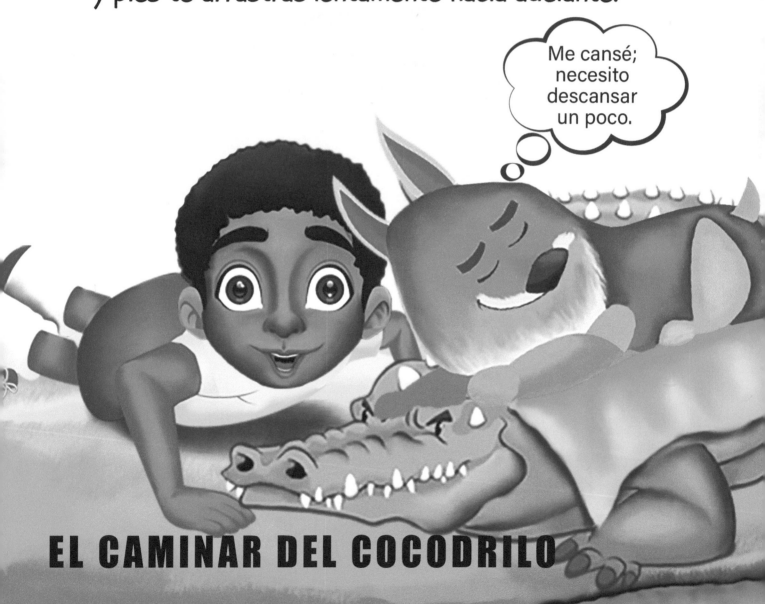

EL CAMINAR DEL COCODRILO

Soy una rana verde gigante. Estírate, extendiendo tus brazos hacia abajo y agáchate para tocar el suelo. Después, salta y lanza tus manos al aire mientras brincas hacia adelante y aterrizas suavemente a cuatro patas.

EL SALTO DE LA RANA

Soy un elefante gigantesco y mi rugido es como el de una trompeta.

Coloca un brazo frente a ti y el otro detrás tuyo como una cola. Columpia tu tronco hacia la izquierda y luego hacia la derecha.

¡Quiero jugar a atrapar la pelota!

EL PASO DEL ELEFANTE

Soy un suave y elástico delfín.
Es un día perfecto para nadar.
Inhala.
Finge estar en el agua y deslízate sin esfuerzo.
Exhala.

¡LADRIDO!
¡Realmente
necesito
practicar más!

EL NADO DEL DELFÍN

Soy un albatros impresionante y magnífico volando por el aire con poderes especiales.

Está bien, pero yo no me muevo de aquí ...

Usa tu imaginación. Cierra tus ojos y veamos el mundo vívidamente desde arriba.

EL VUELO DEL ALBATROS

Jugando como un animal,
paso a paso y salto a salto,
Nathan se vuelve más veloz,
tiene mejor condición física
y es MÁS FELIZ.

A Lola aún le encanta dormir.

Tú, juega; yo necesito otra siesta.

Ven y despiértame en 5 o 10 minutos.

Poco después, Nathan y Lola regresan a casa,
cansados después de un largo día de *movimientos animales*.
Nathan se arrastra directamente a la cama y
Lola se queda profundamente dormida a su lado.

Nathan está impaciente por despertar a sus padres para mostrarles todo lo que aprendió en el país de los *movimientos animales*.

"¡Mami! ¡Papi! ¡Despierten! Es hora de tener un poco de movimiento divertido."

¿Y sabes lo que hicieron después?

¡Comenzaron con el gatear del oso para luego salir a jugar el resto del día!

Después de otro largo día,
Nathan y Lola se duermen
para un merecido descanso.

Están ansiosos por
compartir los
movimientos animales
con sus amigos mañana.
¿Y tú?

Buenas noches.

No es malo ver televisión y jugar videojuegos de vez en cuando.
¡Solo asegúrate de también moverte un montón!

Connect with Darryl

@fitnessexplorer   @primalplayofficial
#MyFirstAnimalMovesBook

f

/fitnessexplorer   /DarrylFEdwards

Darryl Edwards

Animal Moves

Animal Moves Decks
(for kids, juniors, adults and the office)

AGES: 3-6 yrs   7-14 yrs   15+   15+   18+

For fun movement and activities, please visit *PrimalPlay.com*

EXPLORER Publishing

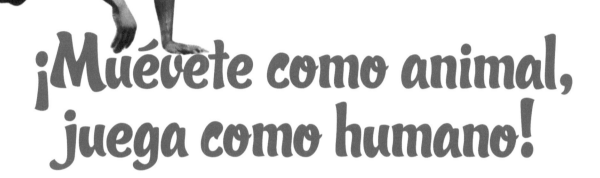

¡Muévete como animal,
juega como humano!

CPSIA information can be obtained
at www.ICGtesting.com
Printed in the USA
LVHW071951151121
703396LV00007B/158